Le Secret
DU
LION

COLLECTION PICARD

LES CONTES DE LA VEILLÉE

F. ORTOLI

LE SECRET DU LION

DESSINS DE

C. ROBERT KEMP

LE SECRET
DU
LION
G. P. KEMP
Michelet sc.

LE SECRET DU LION

Il était une fois deux frères, deux frères petits orphelins. Le plus grand s'appelait Mahobane et le plus jeune avait nom Lovallec.

Dès l'âge de six ans les malheureux se souvenaient d'avoir toujours mendié. Ils allaient de village en village, de château en château, par les monts et par les vallées, chantant par-ci, pleurant par-là, mais toujours ayant sur les lèvres un éternel refrain : « La charité s'il vous plaît, mes bonnes gens ! »

Le métier pourtant était dur, et lorsque Mahobane et Lovallec arrivèrent à compter vingt ans, ils s'aperçurent avec chagrin que leur poche était vide et qu'ils avaient seulement réussi à ne pas mourir de faim.

— Je sais bien, moi, ce qu'il faudrait faire, dit un jour Mahobane, je sais bien ce qu'il faudrait faire pour avoir nourriture et logement et gagner en peu de temps beaucoup d'argent.

— Parle vite, mon cher frère.

— Il faudrait qu'un de nous deux fût aveugle et menât l'autre par la main, frappant aux portes des maisons, parcourant les chemins et les vallées, implorant toujours et sans cesse miséricorde et pitié de la part des passants.

— Hélas! tu as bien raison, mais aucun de nous n'est aveugle.

— Il serait si facile de le devenir!

— Et comment cela?

— Mais, en crevant les yeux à l'un de nous.

— Oh! non, cela fait trop souffrir!

— Douillet, va! qu'est-ce qu'une petite douleur en comparaison des plats que nous mangerions, des bons lits où nous coucherions et de ce bon vin dont nous sommes sevrés depuis si longtemps!

D'ailleurs, qui dit que tu te sacrifieras au bonheur commun? Le sort peut tout aussi bien me désigner.

— Eh bien! soit, dit le plus jeune des frères, tirons à la courte-paille. Mahobane prépara tout, tricha, s'y prit de telle manière, que le sort désigna le pauvre Lovallec.

Sans plus attendre, le frère dénaturé lui creva les yeux à l'aide d'une épine durcie sous la cendre et qu'il tenait déjà toute prête. Le malheureux martyr cria beaucoup, gémit à fendre l'âme, mais pour toute consolation l'infâme Mohabane lui disait tout doucement :

— Plus fort, plus fort encore, mon frère, car voici des gens qui passent!

Et l'argent tombait dans leur sébile, et les gros et les petits sous et même les pièces blanches dansaient ensemble une joyeuse sarabande!

Cela dura ainsi plus d'un an. Mahobane et Lovallec avaient une bourse pleine. Une mauvaise pensée germa alors dans le cerveau de l'aîné et l'idée lui vint de se débarrasser de son frère.

Un jour il le conduisit dans un bois et l'y égara.

— Mon cher frère, où sommes-nous? disait le pauvre mutilé.

Mais le lâche était déjà bien loin.

Lovallec resta longtemps avant de croire à une pareille infamie; il appela, cria, gémit, mais seul l'écho moqueur lui répondit.

La nuit vint; il avait faim, la soif le dévorait.

Il ne trouva rien sous sa main.

Le désespoir le saisit.

— Ah mon frère! mon frère! que tu as été cruel de m'abandonner ainsi! Me faudra-t-il donc mourir de faim auprès de cet arbre ou servir de pâture aux animaux de ces bois? Non, mieux vaut cent fois périr tout d'un coup!

Et le malheureux avait déjà grimpé sur le chêne au pied duquel il se trouvait et se préparait à se précipiter dans l'espace, quand il entendit un lion formidable qui poussait au-dessous de lui de terribles rugissements.

A cet appel les branches des arbustes furent écartées violemment, les feuilles gémirent et un loup énorme ne tarda pas à se montrer.

— Tu es en retard, Loup, d'où viens-tu donc ainsi? dit le Lion.

— J'étais à Offembourg où je me suis régalé de chair humaine. Là, tout meurt de soif, regarde mon ventre! C'est pour cela que j'arrive si tard.

— Je sais bien comment on pourrait procurer de l'eau aux habitants de cette ville.

— Et que faudrait-il?

— Prendre une petite racine de l'arbre sous lequel nous sommes en ce moment et en frapper trois coups sur le rocher de la place en disant :

Fleuves coulez,
Nuages pleurez,
Fontaines, faites ce que devez.

Et aussitôt l'eau jaillirait en abondance, fraîche et limpide comme du cristal, suffisante pour les besoin de chacun.

— Ne connais-tu point autre chose? dit le Loup.

— Si, le remède pour guérir toutes les maladies et toutes les infirmités.

— Voyons cela.

— Pour réussir dans l'art des médecins il faut prendre la seconde écorce de ce même arbre et l'appliquer sur la plaie ou le membre malade. Ainsi, pour un aveugle, on n'aurait qu'à lui toucher les yeux et pour un bancal à lui en frotter la jambe.

— Cela est étrange, mon cher Lion; mais, dis-moi, d'où viens-tu toi-même?

— J'arrive de Rome où la fille du roi est en danger de mort.

— Et pourquoi, je te prie?

— Je passais sur le mont Aventin quand je vis la princesse s'avancer sur une blanche haquenée, souriant à chacun, donnant à tous les malheureux qu'elle rencontrait. Elle était si belle avec ses grands yeux bleus, et si bonne sans aucun orgueil que cela m'ennuya. Je lui envoyai une terrible maladie qui la consume. Aujourd'hui elle doit être mourante.

— Et tu penses que l'écorce de cet arbre pourrait guérir la malade?

— Cette fois elle ne suffirait pas, la princesse ayant un démon pour ennemi; mais, voici de quelle manière il faudrait la traiter pour la soustraire à tout danger. On devrait d'abord lui donner à boire le sang d'un crapaud mêlé avec du vin muscat; puis, le deuxième jour, lui en faire manger le cœur cuit dans du jus de figue.

— Lion, n'as-tu plus rien à me raconter?

— Non.

— Alors adieu et au revoir; à l'année prochaine dans ce même endroit.

— Adieu, mon ami.

— Hou! hou! hou! fit le lion; hou! hou! hou! fit le loup et tous deux disparurent à travers la forêt.

— Ah! mon Dieu, s'écria le pauvre Lovallec qui avait tout entendu, tu ne m'as point abondonné. Ces démons m'ont révélé des choses qui, certainement, me seront fort utiles.

Le soleil levant couronnait les montagnes, déjà l'alouette commençait à gazouiller, préludant ainsi à son chant de triomphe. Lovallec descendit de l'arbre, enleva un peu de la seconde écorce du chêne et s'en frotta les yeux.

O bonheur! ô merveille! ô transports d'allégresse! la vue lui était rendue, il pouvait admirer encore une fois et le soleil brillant, et le ciel bleu, et les fleurs, et les arbres, et les brins d'herbe couverts de rosée. Et l'heureux mortel criait, dansait, sautait, fou de joie, ivre de bonheur!

Il ne pouvait se lasser de regarder cette écorce au pouvoir si merveilleux, il la baisait, l'arrosait de ses larmes, la pressait contre son cœur comme pour mieux lui témoigner toute sa reconnaissance.

Aussi en fit-il une provision considérable, sans oublier pourtant de couper une petite racine de l'arbre enchanté, racine qui devait donner de l'eau aux malheureux habitants de la ville d'Offembourg.

Après ces préparatifs le jeune homme partit. Il traversa toute la France, franchit les Vosges et passa le Rhin. Il est au but de son voyage. Mais Lovallec est toujours resté pauvre et ses habits sont en lambeaux. Il n'a point d'argent; sa richesse est toute en son cœur.

— Bonjour, monsieur le curé, voulez-vous me donner l'hospitalité?

— Trop petite est ma maison, je n'ai point de place.

— Bonjour, monsieur le maire, voulez-vous me donner à manger?

— Va-t'en d'ici, vagabond, ou sur l'heure je te fais arrêter.

— Bonjour, monsieur le châtelain, j'ai froid, voulez-vous couvrir mes épaules?

— Holà! mes gens, qu'on lui donne cent coups de bâton!

Le malheureux garçon fut roué de coups et laissé pour mort sur la route.

Une pauvre fille passa. Son cœur fut ému. Elle se baissa, puis le souleva doucement, doucement et l'emmena chez elle. Pendant dix jours elle resta à son chevet, pendant dix nuits elle veilla et pleura.

Lovallec put enfin se lever.

— Mon ange gardien, qu'est-il de nouveau dans la ville?

— Rien, sinon que tout succombe, dévoré par la soif.

— Ah ! quel malheur, volons au secours de ces infortunés !

Et déjà le jeune homme s'appuyait sur le bras de sa bienfaitrice, traînant les pieds, respirant à peine, quand tout à coup il se souvint de son écorce merveilleuse guérissant toutes sortes de maladies. Vite il en prit un morceau et s'en frotta les bras et les jambes, sa poitrine brisée et sa tête meurtrie.

Et aussitôt les douleurs s'en allèrent, les muscles s'assouplirent, les membres reprirent leur vigueur.

La bonne fille qui l'accompagnait était encore tout émerveillée de ce changement subit quand tous deux arrivèrent sur la grande place de la ville.

Bien vite Lovallec reconnut le rocher désigné par le Diable, par le Diable transformé en lion rugissant. Aussi, sans perdre un seul instant, il prit sa petite racine enchantée, en frappa trois fois le roc, et se mit à murmurer tous bas :

Fleuves coulez,
Nuages pleurez,
Fontaines faites ce que devez.

Et aussitôt le roc eut un craquement effroyable, comme s'il voulait résister aux paroles magiques ; il s'entr'ouvrit pourtant de haut en bas et livra passage à une abondante source d'eau fraîche, limpide, si légère que jamais on n'en but de pareille.

La nouvelle de ce prodige se répandit aussitôt dans la ville ; de tous côtés on vint avec des cruches, des seaux, des brocs, des vases de toutes sortes puiser à la fontaine merveilleuse. Chacun buvait, chantait, était heureux; tous les discours, toutes les conversations roulaient sur l'eau bienfaisante; on s'embrassait sur la place, et déjà s'organisaient les bals.

Au milieu de ces cris, une voix s'éleva tout à coup, grave et forte, dominant le tumulte.

— Amis, disait-elle, ne soyons pas ingrats; à qui devons-nous cette source abondante qui nous rend la vie?

A ces mots, Lovallec voulut s'enfuir; mais la jeune ouvrière qui l'avait accompagné ne put résister au plaisir de le désigner à la foule.

— Voilà, dit-elle, le sauveur d'Offembourg !

Le curé, le maire, le châtelain l'entourèrent aussitôt; on voulut l'emmener en triomphe. On alla même jusqu'à lui offrir des millions en récompense du signalé service qu'il venait de rendre.

Mais, simple et modeste, le jeune homme répondit :

— Non, non, gardez tout cela; j'étais sans asile, et l'on m'a chassé de la maison ou j'avais frappé; je mourais de faim, et le pain qu'on donne aux chiens m'a été refusé; je grelottais de froid et pour tout vêtement on m'a roué de coups et laissé mort sur le pavé. Ah! gardez vos honneurs, gardez votre argent!

A ces tristes paroles, et craignant que Lovallec ne leur enlevât la source avec autant de facilité qu'il la leur avait procurée, les hommes et les femmes, les enfants et les vieillards tombèrent à ses genoux, implorant miséricorde.

— Levez-vous, levez-vous, bonnes gens, je vous pardonne, dit-il en pleurant; votre remords sera ma meilleure vengeance.

Et comme on le priait de s'établir à Offembourg :

Tu es en retard, Loup, d'où viens- tu donc ainsi

— Non, répondit-il, je ne puis; j'ai encore beaucoup de bien à faire sur ma route et ceux qui souffrent ne peuvent attendre.

On le força pourtant d'accepter un magnifique carrosse traîné par des chevaux superbes; il eut aussi des habits somptueux et assez d'argent pour faire son voyage.

— Quand reviendrez-vous parmi nous? demanda la foule.

— Bientôt peut-être, mes amis. Au revoir, au revoir!

Et le fouet claqua, et les chevaux hennirent, et le carrosse disparut enveloppé dans un nuage de poussière.

En arrivant à Rome, le bon Lovallec courut à l'instant frapper à la porte du roi.

— Que veux-tu? dit le monarque.

— J'ai appris, dans les pays lointains, que votre fille est malade et je viens pour la guérir.

— Hélas! les plus grands médecins de l'univers ont épuisé leur science pour elle; mon cœur de père commence à désespérer.

— Courage alors et soyez sans crainte; en quelques jours la princesse sera debout.

— Si tu peux accomplir ce prodige, étranger, les trésors que je possède t'appartiennent, et jamais homme, marchand, seigneur ou roi, n'aura vu tant d'or en pièces ou en lingots, de perles si précieuses, de diamants si brillants, de rubis plus rouges, d'émeraudes plus vertes. Je te donnerai cent villes et dix provinces, et ma couronne si tu la demandes!

Lovallec remercia le pauvre père dont la douleur faisait peine à voir, puis il lui dit :

— Laissez-moi seul un instant car j'ai besoin d'aller

cueillir les simples qui sont nécessaires à la composition de mon philtre.

Le monarque s'en alla en pleurant et se mit au chevet de sa fille.

Le jeune homme descendit alors dans les jardins, s'empara d'un crapaud qui était caché près de la fontaine et, le dissimulant dans une brassée d'herbes, remonta au plus tôt dans les appartements.

— Vite, dit-il à un domestique, apportez-moi un couteau, une assiette et des figues vertes; et vous, dit-il, s'adressant à un autre serviteur, allumez un grand feu et n'oubliez pas de me procurer une poêle.

Tout fut prêt en un instant et Lovallec se mit à l'ouvrage après s'être bien assuré, toutefois, que personne n'était là pour regarder.

Il égorgea d'abord le crapaud et recueillit précieusement son sang qu'il mêla avec un peu de vin muscat; puis, arrachant le cœur de l'animal, il le fit cuire ainsi que le lion avait dit.

Sa mixture préparée, Lovallec se présenta devant la fille du roi.

— Puissante princesse, buvez ce vin, c'est la vie que je vous donne.

La malade en but une gorgée, mais aussitôt elle repoussa le vase en criant :

— Ah! mon Dieu! je viens d'avaler du poison! Mon cœur se brise, je me sens mourir!

— Buvez, princesse, buvez toujours, s'écria le jeune homme, car c'est un Démon qui ne veut point sortir.

La pauvre fille avala le restant du verre et aussitôt elle se sentit soulagée.

— Ah ! que je suis mieux, dit-elle, déjà les forces me reviennent. Merci, merci, mon bienfaiteur.

Le lendemain Lovallec lui présenta le cœur du crapaud préparé comme il devait l'être.

— Mangez ce morceau de viande et tout sera fini, charmante princesse.

La malade ne se fit point prier et mangea bravement; à la dernière bouchée elle jeta un grand cri d'allégresse: elle était complètement remise.

— Mon père, mon père, disait-elle, voici votre fille qui vous est rendue; voyez mes yeux clairs, voyez mes joues roses !

Et elle riait et chantait, la petite folle, et d'un sourire elle remerciait aussi son bienfaiteur.

Le vieux monarque, lui, était fou de joie; plus d'une fois il alla de Lovallec à sa fille, les serrant tous deux bien fort contre sa poitrine. Mais cela lui parut insuffisant pour toute la reconnaissance qu'il devait au docteur sans pareil et le jeune homme fut accablé de présents de toutes sortes. Il eut des caisses pleines d'or et de pierres précieuses, des villes et des châteaux tant et plus qu'il n'en pouvait désirer.

Un jour même, le roi lui dit :

— Mon enfant, je veux vous donner ma fille en mariage et vous faire couronner à ma place. Voulez-vous accepter ?

— Seigneur, j'y voudrais réfléchir; permettez-moi d'abord d'aller en pays étranger régler quelques affaires et plus tard je vous donnerai réponse.

— Allez, mon fils, mais retournez vite; les heures sont longues pour qui aime et attend.

Lovallec partit le jour même. Où donc s'en va-t-il? Son cœur seul le sait.

Le carrosse pourtant tourne à droite, passe à gauche, les chevaux semblent reconnaître leur route! C'est qu'en effet ils se trouvent sur le chemin d'Offembourg à la merveilleuse fontaine, où seule une pauvre femme eut pitié de leur maître.

Les jours se passent, les nuits aussi; Lovallec est presque arrivé; déjà les maisons commencent à poindre avec leurs tuiles rouges et leurs cheminées pointues d'où s'échappent de minces filets de fumée bleuâtre tirebouchonnant dans les airs; des murmures, des bruits, des paroles se font entendre. Le voyage est terminé.

Le grand docteur descendit dans la meilleure auberge de la ville et se fit servir un superbe souper.

Le soir, à la veillée, il demanda à son hôte :

— Mon ami, qu'est-il de nouveau dans la cité?

— Il n'est plus question dans le pays que du château de marbre, aux cent portes et aux mille colonnes, qui vient d'être terminé pour celui que les Offembourgeois appellent leur sauveur et leur Dieu, pour le génie bienfaisant qui leur a donné un jour la fontaine du rocher.

— Quel est donc son nom?

— Hélas! nul ne le sait. Cet homme n'a fait que passer. Il est parti pour un autre pays où il avait aussi, dit-on, du bien à faire. A son retour nous comptons le retenir chez nous et lui donner pour femme la plus belle des créatures qui soit sous la voûte du firmament.

— Bonsoir, mon hôte, bonsoir! dit Lovallec en souriant; et il alla se coucher.

Le bruit se répandit pourtant dans toute la ville que

l'enchanteur était arrivé. De tous côtés on vint pour le voir et le féliciter.

Le bourgmestre fit même un grand et beau discours où il l'invitait à prendre possession du château merveilleux qu'on lui avait construit.

— Que puis-je faire de ce palais? répondit Lovallec, je suis seul et je n'ai point de famille.

— Eh bien! prenez femme.

— Vous avez raison; demain je ferai mon choix parmi les jeunes filles de la ville.

Après la sortie de la messe toutes les plus belles et nobles demoiselles d'Offembourg restèrent sur la place de l'église et se mirent en rang.

Chacune s'était parée pour ce jour solennel de sa plus belle robe et de son plus frais chapeau.

Haletantes, pleines d'espoir, elles attendaient.

Lovallec arriva. Les poitrines s'enflèrent et tous les yeux brillèrent comme pour attirer les regards du jeune homme.

En tête était la fille du châtelain, puis celle du bourgmestre, puis la sœur du curé. Lovallec passa... Arrivé à la dernière, il dit aux gens qui l'entouraient :

— Toutes les demoiselles de votre ville ne sont point ici. Qu'on m'en présente d'autres pour demain.

On fit comme il le désirait; mais, après les avoir regardées, il dit tristement :

— Je ne trouve pas celle qui doit être mon épouse. Il faut m'en présenter encore d'autres.

Le troisième jour on lui présenta en effet les jeunes ouvrières de tous les métiers, les servantes de toutes les conditions et jusqu'aux mendiantes.

Cette fois le jeune homme fut plus heureux. Il n'avait pas fait dix pas qu'il s'arrêta devant une jeune fille à l'air simple et modeste.

— Voici, dit-il alors à la foule étonnée, la femme que je désire comme épouse. Quand chacun me repoussait elle m'a recueilli dans sa maison et lorsque la faim me dévorait elle a partagé son pain avec moi. L'heure est enfin venue où je veux l'en récompenser.

Les noces se célébrèrent le jour même ; jamais, de mémoire d'homme, on n'en vit de plus belles. Toute la ville fut invitée au festin et pendant trente jours on mangea, on but, on dansa le plus gaiement du monde. Ce fut vraiment une belle fête !

Lovallec, le petit mendiant, dans les jours de prospérité et de bonheur, avait préféré une jeune fille bonne, simple, charitable, compatissante, à une puissante princesse, dût celle-ci lui donner une couronne...

Un jour qu'il rêvait de son enfance, des misères de la vie, de son frère qui l'avait si lâchement abandonné, un pauvre vieillard, couvert de haillons, vint frapper à sa porte.

Le maître alla ouvrir.

— Que voulez-vous, mon ami ?

— La charité, s'il vous plaît !

— Vous êtes dans un bien triste état, mon brave homme, lui dit-il avec compassion.

— C'est vrai, monseigneur, mais je l'ai mérité.

— Et comment cela?

Le mendiant raconta alors son histoire, interrompue mille fois par des sanglots. A mesure qu'il parlait, de douces larmes coulaient des yeux de Lovallec, et quand le malheureux eut terminé son récit, une voix émue se fit entendre :

— Mahobane, je suis ton frère, ne reconnais-tu donc plus mon visage ?

Et tous deux s'embrassèrent avec transport, parlant en même temps, se faisant une foule de questions, riant et pleurant à la fois.

Le jour même on donna une grande fête au château de marbre. C'était Lovallec qui, semblable au père de l'Enfant Prodigue, célébrait le retour de son frère bien-aimé.

Il n'était de tous côtés que violons, flûtes, guitares, harpes, basses et contrebasses ; on ne voyait que danseurs et danseuses, et de cent groupes divers des hymnes d'allégresse s'élevaient en torrents d'harmonie pour célébrer cette heure bienheureuse où le frère retrouve son frère !

LA SERVIETTE ENCHANTÉE L'ANE AUX ECUS D'OR ET MAÎTRE BÂTON FRAPPANT

HISTOIRE MERVEILLEUSE DE LA SERVIETTE ENCHANTÉE, DE L'ANE AUX ÉCUS D'OR ET DE MAITRE BATON-FRAPPANT

Un pauvre jeune homme, quel était son nom? je ne saurais le dire, mais mon grand-père, qui de sa vie n'a jamais menti, m'a affirmé qu'il s'appelait Servantard, se mit un jour en tête d'aller faire fortune. La chose n'est point étrange, et plus d'un, en ce monde, a tâché de l'imiter, toutefois son histoire est si drôle, si drôle, que je m'en vais vous la raconter.

Servantard donc prit son bâton de voyage, sa besace remplie de pain et se mit en route. Cent jours il voyagea, peut-être mille. Malheureusement la fortune qui, comme vous le savez, porte un bandeau sur les yeux, et se moque si agréablement de ceux qui le plus désirent la connaître, parcourait en ce moment des contrées lointaines, et jamais elle ne voulut seulement faire voir le bout de son nez au malheureux qui courait après elle.

Servantard pourtant ne s'avoua pas vaincu. Il chercha,

s'informa, appela de tous côtés la trompeuse déesse, mais la rusée riait sous cape, faisait la sourde oreille et jamais ne voulut se montrer.

Le pauvre garçon avait ainsi parcouru toute la terre, quand un jour il arriva dans un grand royaume où les maisons étaient aussi hautes que des montagnes et les arbres tellement gros et merveilleux qu'ils arrivaient jusqu'au ciel.

— Sainte Vierge! pensa aussitôt Servantard, que voilà donc une chose agréable! Montons au paradis et voyons si dame Fortune n'aurait point pris là ses quartiers d'hiver.

Aussitôt fait que dit.

Et voilà Servantard qui monte, monte... enfin il est arrivé. Il se trouvait en présence d'un palais magnifique tout fait en or et en diamants. Cent chérubins en gardaient la porte, et saint Pierre, un gros livre à la main, lisait la vie des hommes qui venaient de mourir dans la journée.

Notre héros pourtant ne s'intimida pas, les épées flamboyantes des anges ne l'inquiétèrent d'aucune façon, et tout droit il marcha vers le porte-clefs.

— Que veux-tu, mon bonhomme?

— Ah! grand saint, je voudrais entrer dans le paradis pour parler à sainte Fortune.

— Elle n'est point ici; la perfide fait tant de folies sur la terre, que Notre-Seigneur n'a pas voulu la recevoir dans le ciel.

— Hélas! vraiment je suis né dans un jour de malheur, malgré tous mes efforts, je ne puis réussir à la rencontrer.

— Ne le regrette pas, car le plus souvent, tous ses dons sont funestes.

— C'est bien possible, grand saint Pierre, mais en

attendant, je mourrai de faim. Voyez, il n'est plus une vieille croûte au fond de mon bissac.

Saint Pierre fut ému.

— Tiens, dit-il à Servantard, prends cette serviette merveilleuse, et tu trouveras table mise au moment où tu le voudras. Pour cela, tu n'auras qu'à la déplier. Mais prends garde, prends bien garde surtout d'en parler à qui que ce soit, si tu ne veux qu'on te la vole à l'instant.

— Ne craignez rien, je suis assez fin quand je veux.

Saint Pierre continua alors à lire son grand livre et Servantard s'en retourna sur la terre.

Comme la nuit approchait, il entra dans une auberge et demanda un lit pour se coucher.

Avant de s'endormir toutefois, il se souvint encore des recommandations qui lui avaient été faites, et pour être plus sûr de son bien, il appela le maître de l'hôtellerie et lui dit :

— Je laisse ma serviette sur cette table, je vous recommande surtout de ne pas la déplier.

— Soyez tranquille, mon ami, je me garderai bien de la toucher.

Malgré cette promesse, pourtant, l'ami de saint Pierre venait à peine de fermer les yeux, que l'aubergiste s'empressait de déplier la serviette merveilleuse.

O surprise ! aussitôt celle-ci se trouva couverte de toutes sortes de mets délicats, de vins parfumés, de fruits exquis, de gâteaux dorés et de crèmes si belles et si bonnes qu'on se sentait une terrible envie de goûter à toutes ces choses.

— Tiens, tiens, se dit l'hôtelier, à la bonne heure, cela n'est pas mal; vraiment, l'invention me paraît charmante pour simplifier ma cuisine.

Et aussitôt, à la place de la serviette magique, il en mit une autre absolument semblable.

Le lendemain, Servantard voulut déjeuner. Il déplia sa serviette et attendit.

Rien ne parut.

— Voilà qui est bien étrange ; morbleu, que signifie cette affaire ?

A ce moment, l'aubergiste arriva.

— Dites-moi, l'ami, avez-vous touché à cette serviette pendant la nuit ?

— Non, et pourquoi ?

— Pour rien.

— Si vous en désirez une autre, je puis vous la donner.

— C'est inutile, merci.

Et le pauvre imbécile, pensant que sa serviette avait perdu tout son pouvoir en arrivant sur la terre, de nouveau remonta au ciel.

Toute la journée il voyagea, grimpant de branche en branche ainsi qu'il avait fait la première fois.

Quand il fut arrivé, le soleil s'était couché depuis longtemps, de gros nuages tourbillonnaient dans l'espace, la lune s'était cachée et la pluie tombait à torrents.

Tous les chérubins étaient rentrés, et saint Pierre lui-même s'était mis à l'abri dans le paradis.

— Comment faire ? pensa Servantard.

Enfin, il se décida.

Pan ! pan !

Personne ne répondit.

Pan ! pan ! pan !

— Voilà, voilà, dit saint Pierre, qui peut venir par un temps pareil ?

Et le bâton entra en danse et frappant à droite et à gauche, en haut, en bas, il meurtrit, cassa, brisa les pauvres membres du malheureux.

Il entrebâilla un judas et regarda.

— Ah! c'est toi, mon garçon, eh bien! que veux-tu?

— Bon ami de Dieu, la serviette que vous m'aviez offerte a perdu tout son pouvoir en arrivant sur la terre; je vous en supplie, donnez-moi quelque chose qui soit un peu plus durable.

Le portier du ciel, qui sait et voit toute chose, sourit alors doucement.

— Tu mériterais que je sois sans pitié, puisque tu écoutes si peu les recommandations que je te fais.

Mais tiens, voici un petit âne. Tu n'auras qu'à dire :

Baudet, Baudet, Baudet,
Baudet, mon bel ami,
Souris, souris, souris,
Souris de barbari!
Tartari!

et aussitôt Barbari s'ouvrira, laissant tomber de tous côtés de l'or et de l'argent, des pierres précieuses, des perles du plus grand prix. Tu seras ainsi le plus riche du monde, et jamais roi ni empereur n'aura eu un trésor aussi merveilleux que le tien. Mais, prends bien garde cette fois de te laisser voler cet âne comme on a fait de ta serviette.

— Ah! le plus grand de tous les saints, s'écria Servantard tout ému, en écoutant le portier du ciel, comment pourrai-je jamais m'acquitter envers vous d'une dette si grande?

— En étant un peu plus adroit que les jours passés. Et maintenant, pars vite, le ciel est éclairci, la lune commence à briller, tu arriveras heureusement sur la terre.

Le jeune homme ne se fit pas prier. Il prit le baudet

sur son dos et, malgré le poids énorme qui l'écrasait, il s'accrocha, glissa, sauta, se laissa dévaler jusqu'à ce qu'enfin il fût arrivé.

Aussitôt il courut chez l'aubergiste.

— Méchant voleur, c'est vous qui avez pris la serviette merveilleuse, ma serviette où la table est toujours mise ; je vous pardonne pour cette fois-ci, mais au moins soignez bien mon âne, et ne lui dites pas, surtout :

Baudet, Baudet, Baudet,
Baudet, mon bel ami,
Souris, souris, souris,
Souris de barbari!
Tartari!

— Non, non, je ne dirai rien, allez vous reposer tranquillement.

L'innocent alla se coucher.

Pendant que celui-ci dormait, l'hôtelier, bien entendu, courut à l'écurie et s'empressa de dire les paroles enchantées qu'il avait entendues :

Baudet, Baudet, Baudet,
Baudet mon bel ami,
Souris, souris, souris,
Souris de barbari!
Tartari!

Or, comme tout cela était de la magie, l'âne s'empressa de faire ce qui lui était commandé, et de tous côtés on ne vit tomber que de beaux sequins d'or, des quadruples d'Espagne, de grosses piastres, des diamants, des rubis ou des topazes : c'était comme un ruissellement d'étoiles.

— Ah! ah! pensa le maître voleur, c'est de plus en plus

fort. Aujourd'hui, j'ai l'âne aux écus, me voilà désormais bien riche, riche pour toute la vie!

Et sans plus tarder, à la place du baudet de saint Pierre, il lia un autre âne de même grandeur, de même robe et de formes pareilles.

Lorsque Servantard voulut continuer sa route, il courut à l'écurie, prit l'âne qu'il trouva, monta dessus et partit.

En chemin toutefois, il eut besoin d'un peu d'argent pour payer quelque menue dépense.

Le pauvre insensé dit alors à sa bête :

Baudet, Baudet, Baudet,
Baudet mon bel ami,
Souris, souris, souris,
Souris de barbari!
Tartari!

Mais le baudet n'obéit en aucune façon, de sorte que l'intelligent Servantard crut que le grand saint Pierre se moquait de lui, promettant beaucoup et ne donnant jamais que marchandise frelatée.

— Une fois, c'est bon, un bienheureux peut se jouer d'un mortel; mais deux, c'est beaucoup trop, je ne puis supporter cette injure.

Et voilà le chercheur de fortune qui remonte sur l'arbre, grimpe, se suspend, s'élève et arrive à la porte du ciel.

— Comment, c'est encore toi! lui dit saint Pierre en le voyant, ne finiras-tu donc jamais de m'importuner?

— Non, et j'ajouterai, de plus, qu'il est indigne d'un saint de jouer ainsi des tours à un malheureux comme moi.

— Je vois ce dont il s'agit, mon pauvre ami, tu t'es encore laissé voler l'âne aux écus. Tant pis pour toi ; lorsqu'on est aussi simple, on devrait rester sur la terre et ne pas venir chercher querelle à des gens de ma condition.

— Un portier !

— Qui pourrait bien te rompre les côtes, si tu voulais continuer sur ce ton.

— Un geôlier de prison ne gardant que des morts !

A cette insulte grave, saint Pierre devint tout rouge de colère, et sans doute il aurait précipité l'insolent sur la terre, lorsque, par le plus grand des hasards, Dieu le père vint à passer par là.

Attiré par le bruit, il s'arrêta et s'informa de quoi il s'agissait.

Quand il eut appris les mésaventures de ce pauvre Servantard, il se mit à rire de bon cœur et gronda doucement saint Pierre.

— Se mettre en colère contre un garçon si simple d'esprit, lui dit-il, fi ! cela n'est pas digne de toi.

Puis, s'adressant au jeune homme :

— Tiens voilà un bâton. Arrivé sur terre tu le confieras à l'honnête aubergiste où tu as l'habitude de descendre ; mais qu'il ne lui dise pas surtout.

Branche de houx fais ton office
J'ai grand besoin de ton service !

Si jamais tu voulais le faire revenir dans ta main, tu n'aurais qu'à le souhaiter, et la chose se ferait aussitôt selon ton désir.

Servantard remercia vivement le Seigneur de son

extrême obligeance, puis, vite, il dégringola de branche en branche et courut vers l'hôtelier.

— Tenez, mon ami, tenez, gardez-moi ce bâton aussi soigneusement que s'il s'agissait de vos propres yeux, mais surtout ne lui dites pas :

Branche de houx fais ton office
J'ai grand besoin de ton service!

— Non, non, soyez tranquille.

Le chercheur de fortune avait à peine tourné le dos que l'aubergiste, croyant encore à une nouvelle aubaine, prononça aussitôt les paroles magiques.

Mais, cette fois, la fête changea.

Maître bâton entra en danse et, frappant à droite et à gauche, en haut, en bas, il meurtrit, cassa, brisa les pauvres membres du malheureux, qui criait de toutes ses forces :

— Arrêtez votre bâton, ayez pitié, je vous prie, et je vous rendrai à l'instant votre âne et votre serviette!

— Ah ! coquin, c'est donc toi qui me les avait volés ! Bâton frappe plus fort!

Et la branche de houx obéit, se démenant de telle façon, accomplissant si bonne besogne que l'hôtelier poussait d'épouvantables gémissements.

Enfin Servantard eut pitié et commanda :

— Charmant bâton, cours vite dans ma main!

Et le bâton s'arrêta.

Plus mort que vif, l'infortuné voleur s'empressa de rendre la serviette magique et le baudet enchanté qu'il avait volés. On dit même, toutefois la chose n'est point certaine, que désormais il jura de vivre en honnête homme. Quoi qu'il en soit, le chercheur de fortune ne courut plus par le monde; il retourna dans son pays et, dès ce jour, il vécut aussi heureux qu'un prince à l'aide de madame la Serviette, monseigneur le Baudet et de maître Bâton-Frappant.

SALOMON LE GRAND ROI ET les Huppes aux Couronnes d'Or

G. R. KEMP

SALOMON LE GRAND ROI ET LES HUPPES AUX COURONNES D'OR

Salomon, le puissant empereur, le grand ami des magiciens et des sorciers, sortit un jour de Jérusalem, allant visiter la reine de Saba.

Appuyé sur son bâton de voyage il marchait depuis l'aube naissante, quand le roi soleil s'éleva dans le ciel et répandit sur la nature en fête ses millions de rayons bienfaisants.

A son aspect, les insectes bourdonnèrent dans l'herbe, les fleurs s'entr'ouvrirent et embaumèrent, la brise légère soupira ses bienfaits, et les oiseaux, dans les bois touffus, chantèrent ses louanges dans leurs trilles éclatants.

Et le roi Salomon, qui comprenait le langage des bêtes et des choses, marchait toujours sans s'arrêter un instant, ravi de rencontrer dans la brise qui passe, la fleur odorante qui s'épanouit et l'oiseau qui vole, la reconnaissance que jamais il n'avait pu trouver inscrite dans le cœur de l'homme.

Inondant les plaines et les montagnes de ses traits de

feu, tarissant les sources au bord du chemin, desséchant la gorge enflammée du voyageur, l'astre du jour poursuivait sa carrière. Mais, à mesure qu'il sillonnait l'espace, le lis et la rose penchaient doucement leur tige frêle, le rossignol et la fauvette se cachaient sous la verte feuillée, et la brise parfumée, semblable à l'haleine des fées, peu à peu expirait dans les branches.

Plus fort que la nature entière, le roi Salomon marchait toujours, marchait encore. Cependant de grosses gouttes de sueur perlaient sur son front, et les flèches de la sphère enflammée semblaient le percer de mille coups.

— Ah! Seigneur, Seigneur! gémit enfin le voyageur, Seigneur, envoyez un nuage qui porte ombre au pauvre infortuné.

Le ciel était pur; la terre, semblable à une fournaise ardente; le soleil à grands flots répandait sa lumière : le nuage ne vint pas.

— Seigneur, Seigneur! faites qu'un bois se montre à mes regards, et qu'une source limpide éteigne le feu qui dévore mes entrailles!

Mais la route continuait toujours longue et poussiéreuse, et les arbres ne paraissaient point à l'horizon et tous les puits étaient comblés.

Et le roi Salomon, tout épuisé, tomba la face contre terre.

Du plus loin qu'on pût voir, apparut alors le roi des Huppes. A son bec était une mince goutte d'eau, et ses ailes étaient toutes trempées. Plus vite que le vent, aussi rapide que l'éclair, il atteignit le pauvre mourant.

— Ah! malheureux ami, murmura l'oiseau bienfaisant, il était temps que j'arrive!

Et, du bout de son aile, aussi légèrement que le ferait une mère, il se mit à laver le visage de l'infortuné et à déposer entre ses lèvres la perle qu'il tenait dans son bec.

Salomon revint à la vie, doucement il ouvrit ses grands yeux.

— O toi! qui en ce désert as eu pitié du voyageur, merci, sois mille fois béni, ange qui me rends à la vie; le roi de Jérusalem est désormais ton obligé.

— Seigneur, dit le roi des Huppes, attendez encore un instant avant de parler; la soif vous dévore toujours, mais espérez: voyez à l'horizon mes fidèles sujets qui accourent, chacun a dans son bec l'obole du pauvre et au bout de son aile cette fraîcheur délicieuse qu'en vain, tant de fois, vous avez demandée.

De tous côtés arrivèrent, en effet, les oiseaux de vie; grands et petits, mâles et femelles, chacun vint déposer dans la bouche de l'empereur la bienfaisante rosée qui l'arrachait à la mort, chacun voulut le toucher de son aile, éteignant ainsi le feu dévorant qui brûlait dans ses veines.

— O meilleurs que le pain et meilleurs que l'ambroisie! s'écria Salomon revenu à l'existence, oiseaux au cœur bon, mes frères, dites-moi, que puis-je faire pour reconnaître tant de bonté?

— Rien, répondit le roi des Huppes.

— Rien, répondirent ses sujets. Continue plutôt ton chemin, et tu marcheras à l'ombre de nos ailes.

Salomon se remit en route; à la nuit tombante, il arriva chez la reine de Saba, toujours accompagné du peuple des Huppes. Le soleil avait eu beau briller, la chaleur étouffer, la poussière dessécher, le roi de Jérusalem ne fut incommodé d'aucune sorte ; au moindre signe, une gentille Huppe venait à son secours.

Émuu jusqu'au fond du cœur par une si grande sollicitude, le fils de David ne voulut point quitter ses amis sans leur dire encore une fois :

— Mes fidèles compagnons, vous qui avez eu pitié de moi quand tout m'abandonnait, parlez, que puis-je faire aujourd'hui pour vous être agréable? Je le jure, j'accomplirai votre désir.

A ces mots, le roi des Huppes s'avança et parla de la sorte :

— Nous voudrions être les princes de l'air, les plus beaux des oiseaux, étoiles vivantes parcourant les cieux ; ce que nous désirons, c'est avoir une couronne d'or sur la tête, signe de notre noblesse, marcher avant les paons si fats de leurs plumes et le gai rossignol si fier de son chant.

A ces paroles, une grande tristesse envahit l'âme de Salomon. Lui qui lisait dans l'avenir, versa une larme amère ; il répondit en secouant la tête :

— Ah! pauvres insensés, plus larges de cœur que d'esprit, vous ne savez donc pas ce que pèse une couronne et à quels dangers sans nombre elle expose ceux qui la possèdent! Un diadème d'or, dites-vous? Hélas! il vous porterait malheur : l'ambition sans bornes est périlleuse, elle est mauvaise ; amis, demandez autre chose!

— Non, non, s'écrièrent de tous côtés jeunes et vieilles, grandes et petites Huppes, le seul don qui nous convienne est celui-là. Une couronne sur notre tête, ah! quel bonheur! Pareilles à des fleurs inconnues, nous volerions, sillonnant les airs, et chaque oiseau nous porterait envie.

Le roi Salomon vit bien alors que ses plus beaux dis-

Pendant trois jours, l'enchanteur Zacchar travailla l'or pur.

cours ne pourraient pas convaincre ses compagnons. Il avait promis de satisfaire la première demande qu'ils lui feraient, il avait juré et sa parole devenait sacrée.

— Venez, dit le fils de David tout consterné, venez chez mon ami le magicien Zacchar; nul en ces contrées ne sait travailler les métaux avec plus de science; sous ses doigts agiles, le fer s'assouplit, l'argent devient malléable et l'or n'est plus qu'une pâte molle. Venez, et vous aurez le diadème de vos rêves.

Pendant trois jours, l'enchanteur travailla l'or pur, les forges soufflèrent et les marteaux allèrent; trois nuits durant il cisela les couronnes merveilleuses qui devaient parer la tête des Huppes.

A l'aube naissante, Salomon arriva; un triste sourire errait sur ses lèvres.

— Amis, dit-il aux oiseaux, voici ma promesse accomplie; prenez ces diadèmes, chefs-d'œuvre incomparables de finesse et de grâce, et partez où le destin vous mène; fils de l'air, quittez au plus tôt cette terre de méchants.

A ces mots, des cris de joie éclatèrent de tous côtés : les becs frappèrent sur les tables, les ailes battirent et les pattes semblèrent aller gracieusement ainsi que dans une danse.

— Partez, partez! dit encore Salomon, fuyez les hommes ou vous êtes perdus!

Sans rien comprendre à ces menaces, mais obéissant à l'ordre du puissant roi de Jérusalem, toutes les Huppes s'envolèrent dans les cieux, pleines d'allégresse, étourdies de bonheur.

Elles allaient ici, couraient par là, volaient au sommet

des montagnes, descendaient au fond des vallées, racontant à chacun leur bonheur, montrant sous toutes les branches leurs têtes folles à jamais ornées du diadème d'or.

Et tous les oiseaux apercevant le bandeau qui ceignait la tête des Huppes, s'inclinèrent devant elles, et chacun les traita en souverains et en souveraines des peuples ailés. Était-il une fête superbe, un enterrement d'importance? Toujours les amis du roi Salomon marchaient à la place d'honneur, devant les aigles et devant les paons, laissant bien au loin derrière eux le colibri, cette fleur vivante de notre terre, la fauvette et le rossignol.

Or, malheureusement, il advint un jour qu'une Huppe s'étant trop approchée des habitations de l'homme, un chasseur la vit et la tua.

— Qu'est donc ceci? s'écria le descendant de Nemrod apercevant la couronne d'or.

Et vite, il courut chez le joaillier.

— Dompteur des métaux, prince des pierres brillantes, vois ce diadème merveilleux que porte la Huppe, dis-moi, de quel métal est-il formé?

Et le joaillier prit la couronne que Zacchar avait faite, la tourna de tous côtés, la regarda de ses yeux avides, puis il dit :

— Elle est en or pur, et je t'en donne cent sicles si tu veux la vendre.

Quand les chasseurs connurent la grande valeur qu'on attachait à la tête des Huppes, chacun au plus tôt se mit en campagne. Les flèches volèrent de tous côtés, sillonnant les airs et portant la mort où elles frappaient; de nouveaux engins de guerre furent construits, des jours et des nuits on resta à l'affût, guettant les infortunées qui passaient.

— Seigneur, Seigneur ! gémissaient les pauvres oiseaux, Seigneur, ayez pitié de nous ; aveuglez ces hommes cruels qui nous tuent à plaisir !

Mais la couronne des Huppes était si brillante, si resplendissante, elle ressemblait tellement aux rayons du soleil que même pendant les ténèbres elle jetait l'éclat des étoiles.

Nul repos pour ces malheureux ; aucune tranquillité désormais ; la nuit, la sombre nuit elle-même leur était aussi funeste que le jour.

Les chasseurs ne se lassèrent pas. Les Huppes périrent en grand nombre : dix seulement restaient encore en vie.

— Que faire? dit un jour le roi des Huppes qui n'avait pas encore succombé; si nous allions implorer Salomon pour qu'il nous enlève cette fatale couronne, cause de tous nos malheurs?

Et aussitôt, voilà les Huppes parties pour Jérusalem. Quelques-unes restèrent encore en route, de sorte qu'un bien petit nombre put arriver jusqu'au trône resplendissant du fils de David.

Le roi Salomon les reçut avec bienveillance, leur parlant tendrement, ainsi qu'à de fidèles amis.

— Huppes au diadème d'or, mes chers compagnons sur la route du malheur, que puis-je faire aujourd'hui pour vous contenter ?

— Tu peux nous accorder la vie en enlevant ce don funeste qui orne notre tête, en nous arrachant cette couronne d'or désormais fatale à nos jours.

— Qu'il soit fait selon votre désir, répondit alors le grand roi ; mais en souvenir de votre bon cœur, vous porterez désormais un diadème de plumes ; allez et rappelez-vous surtout que le bonheur n'est pas le partage des grands, mais seulement de ceux qui savent se contenter d'une honnête médiocrité.

Satisfaites de leur nouvelle parure, les Huppes s'envolèrent aussitôt de tous les côtés ; les hommes ne firent plus attention à elles, et, dès cette heure, ces bons petits oiseaux au cœur si tendre vécurent toujours heureux et tranquilles.

Paris. — Imp. Alcide Picard et Kaan, 192, rue de Tolbiac. — 298

www.ingramcontent.com/pod-product-compliance
Ingram Content Group UK Ltd.
Pitfield, Milton Keynes, MK11 3LW, UK
UKHW021019200726
13857UKWH00004B/1496